歌集

光陰

鈴木良明

Suzuki Yoshiaki

短歌研究社

光陰　目次

ファミリー農園 9
太陽のかけら 13
鼻の穴 16
費消生活 19
たんぽぽ 23
上海・蘇州行 27
面壁九年 31
通報する街 34
カナダ行 38
やせほそる知性 41
千鳥ケ淵 45
憲法集会 48

路　上　52
パンになりたい　55
憲法記念植樹　58
飯　事　61
留守居　65
白金三光町　69
熱暑日　75
二人三脚　79
発　見　82
大相撲　86
小石川植物園　89
平和元年　92

台湾行　95
光　絵　98
明日をひらかむ　101
見知らぬ街　106
秋　思　111
地下鉄の闇　114
墨　滴　117
雨一心　121
テレビメディア　124
生きもの近景　128
マネーゲーム戦争ゲーム　132
碁　敵　137

新型コロナウイルス　140
フィリピデス　145
地球人のまなざし　148
いのちの波動　151
あとがき　155

光陰

装幀　真田幸治

ファミリー農園

早春の滴のやうな蠟梅の黄をいただきて透かしみるなり

春の土たがやすは知を拓くやう今年の作付け計画決まる

土になり水になりそして風になるわれゐなくなり景となりたり

朝露に濡れつつ採りしリーフレタスその輝きを食卓に載す

ズッキーニの授粉は朝の九時までと聞きて菜園にいそぎゆくなり

ズッキーニの雌花はねぼけまなこにてひらきをれども雄花は見えず

甘藷苗すこし寝かせて土かぶせ胸のあたりをとんとんたたく

——農家の義父母より伝授の技

投げ売りの茄子苗育みつぎつぎと紫紺の輝き見するはうれし

はなじその白とピンクに散りしける菜園にゐて亡き母偲ぶ

わが世界めぐりたる蟻いつしらに首筋あたりより現はるる

太陽のかけら

親戚の寄り集まりて田植ゑすることさら絆と称《よ》ぶこともなく

水張田《みはりだ》に五月の風の吹きわたる燕とばぬを誰もかなしまず

水張田にそよろそよろと踏み入れし足の感触まぎれなくアジア

自らは耕さずして豊葦原の耕作放棄地嘆けり人は

いはきの海を封じ込めむや防潮堤たかく聳えて海は見えざり

「核のゴミ十万年を管理する」手に負へないってことではないの？

太陽のかけら盗《と》りしが核ならむ悔ゆれば何処へ返すのですか

お天道さまのお陰と照れながら農家の手には真つ赤なりんご

鼻の穴

みどり児はこの世のなりたち知りたくて穴といふあなに指を突つ込む

ぐいぐいと匍匐前進する嬰児いきなりわれの鼻をつかめり

われの鼻つかみてはなさぬ嬰児なり親しみよせてゐるとおもへず

命つておほざつぱなものだなあぢいぢの鼻は何に見ゆるか

みづからの鼻にも穴のあることの不思議さうなり指差し入れて

みどり児は這ひつくばりてぐいぐいと階のぼりゆく　天までゆくか

寝息とは夢とうつつをかよふ風か嬰児の寝息涼やかにして

費消生活

駅ビルの新築オープン店開き何でもあるけど何にもない

メディアには日がな広告溢れつつさらなる費消生活強ひる

レジ打ちの手際見極め並びつつ無言の圧力かけてはゐぬか

スーパーに小銭さがして焦りをり自動支払機を前にしてなほ

カードなら憂ひあらずといふやうに〈カード払ひ〉の選択肢光る

〈ポイント〉はわれらの欲望煽りつつ費消をさらに加速せむとす

ルッコラの白き可憐な花を食ぶ肉を喰らひしわが舌先に

口大きエイリアンフィッシュを噛へども人は真実エイリアンなれや

毎日の賞味期限を過ぎたるは廃棄せよとふ万の命を

自らの費消わすれて爆買ひを蔑みわらふ　さもしくないか

市民祭のブースのひとつ葬儀屋の出店ありて明るくさそふ

たんぽぽ

少子化の小学校の花ふぶき鞦韆《ふらここ》のみがあかるく揺れて

〈草花を愛しましょう〉の立て札の柵外に小さきたんぽぽの花

風吹けば諦念のごと舞ひ上がるたんぽぽの絮生きいそぐなよ

家の前すぎゆく園児の泣き叫ぶこゑに始まるわれの一日

幼子の哭くこゑ聞こゆだいぢやうぶだいぢやうぶだよと言へるのか今

幼子の泣き叫ぶこゑ耳鳴りのやうに残れる夜のしじまにも

クローバー素面のままに咲きゐたり保育園児にふまれながらも

ニュータウンの土手に放たれ山羊二匹春の芽吹きを音なく食ぶる

園児らの「やぎさーん」のこゑに振り向かず山羊は草食むただひたすらに

てふてふのゆらぎ翔《と》べるを追ひかける児の先に待つ未来とは何

上海・蘇州行

上海の街を歩けば注意書き〈小心地滑〉とありて躓く

信号を無視して電動バイクひと生死の界をぬふやうに往く

観光のわれに寄りくる物乞ひのかなしみは世界の共通ことば

一人っ子ばかりぞろぞろ出でてくる校門に迎への父兄むらがる

蘇州にも旧知あるごと未央柳《びやうやなぎ》咲きそろひたる河畔を歩む

金力に昔も今も翻弄さる無錫の街の頽廃をみる

さやさやと太湖の水に風過ぐるいのちささへこし浅き沼とふ

直感で一針《ひとはり》ごとに美を留める蘇州のシルク刺繍職人

内職の針仕事得し母の手の力漲りし一針抜きよ

面壁九年

陸軍用地の界標のこる山径は図書館までのわが通ひみち

戦時下の弾薬庫址は米軍のレクリエーション施設となりぬ

山の径ゆきつつわれは一匹の獣のやうに春を嗅ぎ分く

白内障の光散乱まなうらに暗黒の闇ふかく蔵して

素数的わが存在をおもへども素数にあらざる一の不可思議

図書館の閲覧席は窓際ゆ埋まりて面壁九年のわたくし

図書館の面壁に若きら耐へきれずカフカのやうに突つ伏してゆく

爪を切る音など響き図書館のなかにも人の暮らしあるらし

通報する街

はりぼてのやうな国会議場にはすでに破綻の芝居がつづく

舌打ちのきこえて庭を見渡せばジョウビタキ藤にとまりをりたり

藤、梅に蟲瘤びつしり纏はりて悪夢のごとき草木国土

藤の葉に生《あ》れたる蟲瘤焼き殺しにんまりわらふにんげんわれは

あかねさすニュータウンの街角に〈通報する街〉〈見てる街〉の標語

家々の秘匿情報たづさへて夕闇に赤き郵便配達

マイナンバー×××が過ぎてゆく×××のわたしのそばを

図書館に尋ね人の似顔絵あり案内掲示のひとつとなりて

いつより吾を測りゐたるや図書館のページ繰る手にしやくとり現はる

「特別警戒」の旗はなびけり春めきて何ごともなき図書館裏に

カナダ行

相和して暮せるといふ移民都市トロントまでのフライト半日

「カナタ」とは先住民の集落にして遥かなる空の広がり

彩りは生のうつろひメイプルの黄落こみち夢のごと辿る

フランス風ケベックシティ、イギリス風オンザレイクの街並みあるく

ピアニストのやはらかき指の振動はわが身におよび音色あかるむ

レストランのトイレに〈Romeo《ロミオ》〉〈Juliet《ジュリエット》〉の表記にあひてくらくらとする
〈Romeo〉には小便器たかく据ゑられてわれの短き下肢を見おろす

やせほそる知性

ノーネクタイの首よりかろき発言がぞろぞろいでてくるにあらずや

ネクタイはきりりと締めよ　公《おほやけ》は私語をつつしめおほやけを語れ

リーダーの二枚舌はげしく空転し言葉にならぬことばを発す

考へず何思ふなく流されてゆく日常は罪にあらずや

考へることが利益につながらぬ時代にありてやせほそる知性

戦争はニヒリズムなれや情動に煽られ直《ひた》に突進するのみ

自らの虚無を埋めむやニヒリストすめらみことに仮託せむとや

思考停止即情動のうごめきてにつぽんニッポン叫ぶテレビは

審判のゐない野球をみてゐるやう三振したひとまた塁にでる

主権者はわれわれなればプロレスのやうに見てみぬふりはできない

千鳥ケ淵

池の面《も》に映れる空ゆふりそそぐ枝垂れ柳の緑のしづく

濠中にしだるるさくら滝壺のしぶきのやうにけぶりてをるも

長き枝みなもに垂らし老桜巨象の脚のごとく踏ん張る

昭和館に戦中戦後の映像のニュースのこゑは変はらず元気

靖國のさくら満開工事用パネルにおほはれ正体見えぬ

翳り濃き今年のさくら咲き満ちて今咲かねばといふやうに咲く

逝くものと生まれくるものせめぎあふ沉《ま》して生臭き今宵の桜

飼主に促されても動じない桜の下に横たはる犬

憲法集会

生活のにほひあらざるお台場の街にコスプレ少女ら闊歩す

パレットタウンいづくの街か無国籍料理ファッション連なりをりて

街頭にカメラマイクを向けられてひとは忽ちわれを忘るる

街宣車の怒号聞こゆる公園に施行七十年憲法集会

五万五千の参加者ありてお台場に古希を迎へし憲法寿《ことほ》ぐ

自らの暮らし愛しむ参加者のおもひはひとつ憲法護れ

海風にのりて沖縄韓国のエールの言葉つよく胸打つ

民主社会のルール違反を問ふことのデモなればわれらに昂り要らず

狂熱を厭へるこころ芽生えしはいつよりのこと　ひたすら歩く

東京の埋立地めぐる区境ひを争ひてどんどん縮むにっぽん

歴史的分岐点とは如何なりや陽のあたるみち陽のかげるみち

路上

背《せな》に負ふペットボトルは歩くたびとつぷんたつぷん身を揺らすなり

にんげんの悲喜劇じつと視つめをりドライアイなる監視カメラは

春はやてビニール袋の舞ひあがり路上に浮遊すたましひのごと

錯乱のこころ路上に捨てたるやコンビニ袋のゴミは散らばる

草むらのこんなところに捨てられしコンビニ袋と思へば白猫

路《みち》のゴミ拾へる人のかたはらを「そこにもあるよ」と告げるころ過ぐ

枯れ落葉いのちの果てを塵芥《ごみ》として掻きあつめゐる地区清掃日

パンになりたい

今ここに生きてゐることうれしくて幼の手足動きやまざり

たのしげに足ゆらしつつ幼子は一本のバナナやうやう食へり

絵本見て聴けよといふに幼子はわが読むこゑに笑ひころげる

何になるの夢をきかれて三歳児すこしかんがへ「パンになりたい」

三歳の幼を囲みてめいめいのいのちの繋がり確かむる一日

幼のやうなロボット掃除機ほほ寄せて和室の壁をスリスリ削る

憲法記念植樹

悼・岩田正先生

秋澄みて声音たかく遺影よりなほもわれらを励ましくるる

憲法の記念植樹は楷の木ゆハンカチ、山桜へと僂げになる

常磐木《ときはぎ》をそだてるやうに現憲法育みこざりしを今さらに悔ゆ

古希を迎へし憲法はいかにおもふらむ賞《め》でるばかりで育まぬわれらを

育むは己はぐくむにほかならず天をめざせりごおやあの蔓は

やすやすと世界遺産になどするな現憲法はまだ生きてゐる

手に入らぬ松男歌集を書き写すデモ参加前の国会図書館

いまここにＮＯ！を言はねばいへぬ日がすぐきてしまふ国会前デモ

飯事

戦後家庭の大黒柱ゆらめきて卓袱台返しは切なかりけり

幼き頃の飯事《ままごと》あそび筵にて砂のごはんを勧められゐき

何食べても太ることなきわがからだ張合ひなきと母は嘆けり

飯事のはにかみ失せていつしらに老年夫婦の対ふ食卓

会話少なく老年夫婦むきあへば小津安映画の茶の間がうかぶ

半分づつ食べようと言ふ妻に吾のもう半分はいつもまぼろし

味うすき風呂吹大根味はへば水の記憶が蘇りくる

演じ方コンテストのやう次々と謝罪する人テレビに映る

ドライアイに苦しむわれはやすやすと泣ける男の涙あやしむ

人生は飯事あそびのやうですね役割《キャスト》演じて演じ尽くせぬ

留守居

ともすればスローライフになりがちなその日暮らしのアナログ時計

遅れたる時計の針のままなれば今なほ過去の時を刻めり

耳奥が湿りがちにて音かよはずこの世はさらにとほのく気分

ベル鳴れば世帯主とふ意識かすめ妻へのセールス電話に応ふ

スタンドアローンなるにウイルスバスターは狂ひしやうにひとりはたらく

あ、といふまに陽はかたぶきて夕餉の膳留守居の個食たのしみてゐる

虫喰ひの野菜はうまし虫の食むやうにおいしくいただくばかり

ゆつくりと時間をかけて味はふは裡なるものとの愉しき対話

梅干しの核《さね》をカリリと嚙みくだき裡なる阿摩羅識をかみしむ

あと何度ひとに手紙を書くだらうペン先滲む癖字書きつつ

天窓ゆ満月のひかり届きたり夜半に目覚めてひとりしをれば

白金三光町

——大学紛争のため、しばしば教養課程の休講が続く

休講に自ら学ぶほかなしと図書館部室映画館通ひ

〈われ動くゆゑにわれあり〉哲学のリポートに書きし十九歳のわれ

――三島由紀夫自決

身体の知性を三島知らざれば筋肉よろひて果つるも哀れ

上京せし二十二歳の吾に会ひたくて泉岳寺魚籃坂をめぐりぬ

白金の独身寮に十年余しやうがねーぜとつぶやきながら

白金の清正公は志ん生の「井戸の茶碗」にでてくるところ

あくがれの白金三光町を巡りしも太宰治の姿あらざりき

渋谷行きバスより見えしスタジオの〈天井桟敷〉に胸高鳴りぬ

——悼・寺戸和子さん　二首

四十七年ぶりに訪ぬる清澄庭園寺戸さんを偲ぶ会になるとは

〈千草〉にてともに呑みし日も寺戸さん過去と未来は語らざりしよ

新装の銀座巡れど弾まざるこころはどこへ運べばよいか

マラソンの三十キロ過ぎ喘ぎつつ銀座はお台場へ駆け抜けし街

ＯＢ会たがひの残生はかるごと近づきてくる顔、面《かほ》、貌《かほ》が

日本橋の街路樹なべて電飾のまたたき背後の暗闇ふかし

東京駅地下街迷路を低回す働かぬ蟻のいっぴきわれは

熱暑日

にんげんの押し黙る朝のひとときを鳥、蟬、虫のハーモニー響む

図書館に避難しますと家を出るあめはれ兼用傘をかざして

用水路に注ぐ雨水排水口　木の根這ひ出で水、水、と叫ぶ

夏の暑さに負けてたまるかサングラス帽子日傘に日陰をあるく

夏の日の路上に蚯蚓なぜ死んだふり返り幼はいくたびも問ふ

久里浜の浜辺に五人一家族盛夏の波は静かなれども

空はこころ海はししむらうねうねと光と翳の動きやまざり

青海ゆ生まれ育ちしわれなるか波の音《ね》潮の香こんなに沁みて

水際《みぎは》にて貝殻ひろふ子らもなく昔子どものわれは素足に

地は震ひ海は揺らぎて高高とビルは伸びゆく空痛痛し

熱帯夜の網戸にとまる黄金虫つまめばはらりと死んでゐたのだ

二人三脚

つぎつぎと名告りをあげて蟬時雨このつかのまの生の躍動《エラン・ビタール》

誓願とふ生き方ありて禅堂に晩夏の蟬に和して誦経す

コンクリの道を離れて土の径、草のみちへと分け入りてゆく

草のみち妻と歩めばあなうらのやはき感触つたはりてくる

せみしぐれ唐突にやむしじまあり息を凝らせる閉塞の森

歩み来し二人三脚三つ目の脚をそろそろ解きてゆかむか

影のごと互ひに寄り添ひ来りしが影失はば淋しからむや

かなしみは歌のふるさと黄昏に悲哀愛《かなかなかな》とひぐらし鳴きて

発見

どんぐりの裂けて裡より赤き芽のふくらみきたるを幼と見詰む

切り株の年輪かぞふたつぷりと内蔵したる時間の渦を

山の径ゆけば幼は駈け出して「きのこ発見！ぼくがみつけた」

隊長とよべば幼はぐいぐいと先に登りて「気をつけて」といふ

幼子とするかくれんぼ祖父《ぢぢ》われを隠れたままにしないでおくれ

「おぢいちゃんのひいおぢいちゃんのひいひいひい・・・・おぢいちやんはおさる?」とふ絵本読み聞かす

わたくしがわたしを落とさぬやうにして撥ねあげてゆくお手玉三つ

多摩川の河原にロックバランシング試して地球の重力とあそぶ

冬空に南京黄櫨の実は光るちりばめられし昼の星たち

雪に埋もれし葱の救出頼めどもアンパンマンの幼忙しき

大相撲

にっぽんの衰退ひとり身に負ひて土俵に沈む稀勢の里　寛《ゆたか》

退《ひ》き際をすでに失ひし稀勢の里退くは悔いなしと力なく言ふ

トランプが観戦してより大相撲基地のごとくに傍若無人

肉塊がぶつかり弾け倒れたり物理現象となりたる相撲

待ち待ちて視し取組の決まり手は技《わざ》にはあらぬ〈腰砕け〉とぞ

さむらひのやうな眉間の栃ノ心負傷の土俵に息はづませる

紙ずまふ非情なればこそすがすがし勝つも負けるも自づからなる

ラジオから聞こえし相撲中継のあの興奮はもう戻らない

小石川植物園

明治期に精子発見されし樹の銀杏《ぎんなん》あまたしづくしてをり

花梨の実たわわになりて光りたり鳥も喰へざるその固き殻

雑草とふ力強さよ必ずや地《ぢ》より湧き出づるあまたのいのち

草亀は前足岩に支へつつ二足立ちしてほのぼのとみる

園内のおもはぬところにあらはるる俳人絵描きひつそりとして

うつむけるスマホ歩きの若者よ脚下照顧《あしもとみ》ねば　ほらつまづいた

若きらが「片恋ひをとめ」と唄ふのを「肩凝りをとめ」と聞きて驚く

ジェットコースターの悲鳴聞こゆる戦没者墓苑はさびし平和の碑文

平和元年

浪曲のちやうど時間となりましたと言はんばかりの国会決議

図書館につづく山径フェンスには〈米軍基地〉と黒ぐろ明記

一日を一年と思《も》ひて生きしとふ戦中世代の密なる時間

歌ふには訴ふるがあるといふなかにし礼の叛逆作詞

猿でさへ嘘をつくとふ「外敵がきた」とぞ内紛止めさせるため

けふもまた軍用ヘリの飛びかふを蠅のごとくに追ひ払ひたり

菜園に腰伸ばしつつおもふなり昭和つくづく永かりしかな

元号は「昭和」「平成」をひきうけて繋ぐゆゑわれは「平和」と名付く

台湾行

富士山を直下にみれば頭頂の虚ろなるさまありありと見ゆ

雲海は天上の雪あを空の鳥なき界を飛機はゆくなり

かつちりと病室のやうな部屋に泊るダブルベッドをひとり占めして

〈釈迦頭〉の脳《なづき》を裂きて甘き香をむさぼり喰ひぬ阿修羅のやうに

北回帰線渡りゆくときしやきしやきと紅き果実の蓮霧《れんぶ》を食ぶ

花嫁をしよひこに背負ふ花婿の婚儀といへどいのちがけなり

看板に「便當」の文字重重しファストフードにはあらざる思ひ

光絵

この世とは光のなせる光絵《かげゑ》なりわが身映してかげゑたのしむ

太陽が赤色巨星となるときにかげゑあそびは終りをつげむ

あらかじめ遺言しるすやうにして辞世の歌を詠まむとぞおもふ

何ひとつ欠くることなき全きの光になります今日の良き日に

あからひく光は海に還ります　うみはわたしの生まれたところ

ペンネーム雅号もたざるこのわれに戒名は光の粒子名なれや

ありがたうさやうならとふ良き言葉つぶやきながらしづけさに入らむ

明日をひらかむ

春雨にたゆたふ水面《みなも》とおもひしが生まれし蝌蚪の蠢くかげ見ゆ

種播けばあをき芽のでる春秋の季節よろこぶ虫も小鳥も

あした葉の明日をひらかむ繁りたる密な葉叢を切り落としたり

庭隅のしいくわあさあつぎつぎと手品のやうに珠実なしたり

朝夕に皮ごと食みてしいくわあさあ秋から冬への活力とする

けさは何が入つてゐるか朝食のふたりの会話スムージーの味

スムージーにしいくわあさあの香は満ちてわが細胞のときめきやまず

糠床をこねまはす夕べ香のたちてわが原郷は甦りくる

糠漬けの滋味は身うちに沁み入りて細胞たちは華やぎをるよ

出張に子の購《か》ひくれし阿里山茶惜しみつつ朝に夕に飲みたり

林芙美子の「貧乏コンチクショウ」よりも「貧乏自慢」の志ん生が好き

売れたつて売れなくたつてかまはないそんな気骨の古書店を愛す

手際よくさつぱりと調髪してくれし千円床屋のやさしさ沁みる

鮮らけきいのちに触れて吾はいくたび苦しき生を超えて来たるや

見知らぬ街

特急の払ひのけたる風景を拾ひつつゆく鈍行の旅

ビジネスマン昼の電車に声ひそめ職場の話題尽きることなく

ナビのなき徘徊の道駅降りて風をたよりに歩みだすなり

わたくしがわたしを運ぶとほくまで見知らぬ街をみせてあげよう

富士山麓くぐり抜けたる真清水の今こんこんと湧く柿田川湧水池

二十数年暗きところを辿りきていのちの水は今し輝く

〈護美箱〉と書かれしボックス園内を魔法のやうにクリーンに映す

やまをこえたにこえてゆく行軍のやうなり武蔵小杉の乗換通路

縄文杉の保水力もはやかなはねば乗換へ駅にトイレをさがす

土呂蓮田栗橋こえて野木小山　雀宮《すずめのみや》　駅まであといくつ

湘南新宿ライン北上の突き当たり赤き鶏頭の直ぐなるが立つ

雫石の丘に寝ころび星空につつまれてわれら彦星織女

膵臓に嚢胞ひとつ輝ける星のごときを医師の指さす

秋思

地面からぬつと突きいで咲《ひら》きたる曼珠沙華あかき小宇宙なり

秋川のやぐるま菊さやに揺れてゐる懐かしき風の吹きわたる郷《さと》

悼・瀬戸口萌さん　万葉九条の会を支えてこられた

野の花をこよなく愛する少女のやう瀬戸口さんの遺影はありぬ

他に尽くす鮭の一生傷つきてなほ源流に還らむとする

いかほどの夕陽満ちなば落つるらむ返照のなかひとつ熟柿は

たまねぎの黄金色《わうごんしよく》に包まれて老人は畑に一服しをり

かさこそと落葉を踏みて歩みたし葉つぱひとひらにすぎざるわれは

枯れ落葉春には木木を芽吹かせて廻《めぐ》るいのちに還りゆくらむ

地下鉄の闇

児を抱くやうにリュックを前に下ぐ満員電車の新スタイルは

座席なき車輛の窓べに運ばれて地下鉄の闇の底がしれない

ほどのよき傾きなのかわれの立つ地軸二三・五度の傾斜は

エスカレーター傍の階段昇りゆく大江戸線の深き底より

地下道にぽつんとメガネ洗浄器この世の様を透かし見よとや

足もとに誰が落し物かと拾ひしがよくよく見ればわれの手袋

墨滴

鍬もてば鋭き刃《やいば》筆もてば柔き穂先になれるこの掌は

水筆に「永」の字を書く淡水はかたちなすものながくとどめず

毛筆に楷書かくとき無名指の揺るがぬ理性にささへられをり

連綿の書を書きくだし渇筆は息もたえだえ紙面に絕る

鋒《ほ》をかくす隷書体文字書きながらあそびごころのふつふつと湧く

ワープロの変換ミスのやうな文字万葉仮名の息苦しさは

古典の書臨書するときいにしへの人のこころの鮮鮮しきや

筆先の行きたきやうに運ばせてわれに返れば文字は乱るる

まつさらな手漉きの空をわたる筆けふ鮮らけき文字を生ましむ

ぬばたまの筆の呼吸の深さかな洗へどあらへど滴る墨は

雨一心

ジョギングのさなかに驟雨びしよ濡れになりてしまへば雨は障《さは》らず

たえまなく降りつづく雨一心は天地つらぬく白き音せり

小鳥らの囀り激し風雨の朝書斎にこもりて耳を澄ませば

あたたかきお湯は変はらず出でてくる超台風の来たる夜半にも

たまものの命守れといひながら野宿者拒む避難所ありとふ

風水害の惨禍のあとの多摩川に鮮しき貌の無数の小石

水遊び看板の文字濁点の吹きとばされて「しやぶしやぶ池」に

河川敷の水たまりにはつか残されし小さき魚たちの命の行方

テレビメディア

真実をいはぬテレビは喧伝の「食」と「健康」垂れ流すのみ

テレビみてつまらなければ認知症と宣《のたま》ふ朝の健康番組

つぎつぎとテレビＣＭにあらはれてスターは往年の輝き失くす

ＣＭのなかに生かさるる芸能人ずつとピアノを買ひつづけては

笑ひには咲ひ嗤ひ哂ひのあるものをテレビの中はひと色に笑ふ

テレビドラマ視たくないのはもうすでにうつつは劇化してゐるゆゑに

容疑者の声の吹き替へ流しつついかにも犯人と想はせるこゑ

善意なる救出なしし高校生に夢は救助隊員かと訊くテレビ

海外の悪しきニュースを流してはわが国内の悪を庇へり

西部劇「荒野の七人」日本語版ビデオに観れば湿り気おびる

生きもの近景

芽吹かざる山椒の枝に手をやれば叫びもあげず折れてしまへり

鶯の初音聞かざり大鷹の初鳴き聞こゆ朝の禅堂

市の鳥となりしばかりに長元坊《ちやうげんばう》カメラに日がな狙はれてゐる

三沢川のせせらぎのおと春めきて泳げる鯉の力たくまし

巣落ち雛子の拾ひきて育みし雀の末よ今はいづくや

不漁とふ今年の秋刀魚くちばしの黄色味帯びて雛のくちばし

騙されて捕らへられ来し海鵜との信頼を説く長良川の鵜匠は

満月がぐぐつと空より迫りきて猫の目らんらん輝きはじむ

やせ猫の背筋のばして坐しゐしがやをら眼前をよぎりゆきたり

鳥のきもち猫のきもちに揺蕩《たゆた》ひぬ人のきもちの疎ましき日は

マネーゲーム戦争ゲーム

富めるもの国境越えて逃亡す新自由主義《ネオリベラリズム》の羽ばたき止まず

高高とクリアに放つ 羽毛球《シャトルコック》 ひばりのやうに囀りてみよ

役得といふ甘き蜜むさぼりて公私混同限りもあらぬ

ＡＩは株価動向託されて天気予報のやうに朗らか

ＡＩにすべて委ねてしまつてはさみしからむや落葉松林

墜落を不時着とこそいひかへて　鶚《オスプレイ》　とんぼにもなれぬ結末

編隊をなして軍用ヘリが飛ぶ戦争ごつこてふ仮想現実

ひよどりの耳につんざくこゑすなりイラン司令官殺害の報は流れて

目を剝きて角つきあはせ闘牛のただひたすらに闘ふはなぜ

シャンシャンは苦しみてゐむ日中のはざまにかはいいを演じつづけて

マネーゲーム戦争ゲームにあけくれて地球は青く病んでをります

「プレジデント」特集号の「悩まない練習」に励むリーダーたちか

十六歳の少女に各国首脳たち叱られてゐる気候サミット

碁敵

将棋が好きだつたと話す碁敵《ごがたき》は負けても石を獲ればよろこぶ

碁敵が石を獲るとき震へる手に境界線は掻きみだされて

内と外分くる界標 要石《かなめいし》めぐりて争ふ囲碁のみにあらず

なぜ囲碁をあへて国技といふのだらう相撲のやうに廃れてしまふよ

黒もたば初手天元に放ちたし時空あまねく見渡すために

右利きの井山裕太は左手に石を打つといふバランスの人

ひとり碁は胸に秘めたる片思ひもうひとりのわれをあざむきて打つ

新型コロナウイルス

当て事とふんどし前からはづされて延期されたり東京五輪

マスクマンマスクウーマンストアーに〈マスク不入荷〉見て通り過ぐ

孤立せし遺伝子他《ほか》に寄生して生きねばならぬ定め哀れむ

図書館の椅子払はれて拠り所なし新型コロナはどこ吹く風か

休校の子どもら街に甦る　さうだ巷《ちまた》は学校なのだ

うつむきて歩く一人となりゐしかすれ違ふ人をあやふく避けて

ぬくもりのなきＬＥＤの灯のもとにけふも残業にいそしむか吾子は

さあ来いと相撲稽古のやうに胸をひらきて息子のことばを待ちぬ

「元気かあ、大変かあ」と子に訊けば「元気大変」と肩透かしにあふ

オンライン飲み会うへでする息子なんと静かな「二階ぞめき」や

怖きもの新型コロナのみならず分断排除殿の乱心

驕れるもの久しからずと唱ふれどおごらざるにも及ぶこの世か

怒つてばかりもゐられないから空あふぎ日にいくたびも深呼吸する

フィリピデス

一日を十キロ走れば四千日の地球一周の旅をつづけむ

小春日のうららのなかをジョギングに世界の果てまで行つてしまはう

けふがゴールになるやもしれぬジョギングの一歩一歩を慈しむなり

わが生は駅伝走者にほかならずせめてきれいに襷つながむ

――山田敬蔵九十二歳逝去

最後に見掛けたのが東京マラソン２００９（八十一歳）

ひよいひよいと跳ねるがごとく走り去りし山田敬蔵《けいざうさん》のうしろ姿よ

意のままにならぬ己にむきあひてマラソンは生老病死のごとし

マラソンの制限時間いつぱいを苦しみ抜きたるに栄光あれよ

救援か勝利伝へむためなるか今なほ走り続くるフィリピデス

地球人のまなざし

内と外こんなに沁みてわれはただ皮膚いちまいの界面となる

わが生をかかげに支へてくれてゐる星の数ほどのいのちのつながり

この青き星に生まれて生つなぐわれらつかのまの地球人なり

——故中村哲医師は現地でカカ・ムラド［中村のおじさん］と
よばれていた　二首

たまもののいのちの水を尊びて中村哲医師《カカ・ムラド》のまなざし優し

戦争をしてゐる暇のなきいのち育み支ふるが平和の礎《もと》と

言の葉の曖昧なるを超えて語る朝美納豆《アーサー・ビナード》と名告りし人は

われわれはどこへ向かつてゐるのだらう日がな原郷を壊しつづけて

絶筆になるやもしれぬけふの日を一首にしるす手帳に記す

いのちの波動

あかつきの空に残れる三日月は刃物のやうに冷たく光る

見えてくるもの多けれど忘れ去る記憶は疾しあかつきの空

無意識の淵に坐りて眺めやる流れつづくるいのちの波動

鳥たちのいかなる時間かひとしきり啼きかはしたる朝のしじまは

鳥たちとともに食みたるしいくわあさあその金色の寒の滴り

光、風、小鳥のさへづり身に沁みて原初生命体のわたくし

迎へくるる明るき声の今はなし公民館の喫茶〈陽だまり〉

良寛の書を臨書する脱力のきはみなるかなそのたたずまひ

自然美を文字のごとくに描きたる墨絵のはしき陰影に浸る

多摩川の無尽の石塊それぞれに自づからなる風貌のあり

持続とは見えざる力雨だれに庭の敷石いつしか割れて

あとがき

本歌集は二〇一一六年から現在までに詠んだ三七二首を収めている。東日本大震災以後の十年間を改めて振り返ってみると、ＩＴなど科学技術の進展によりグローバル化がさらに加速している半面、自然環境破壊による気候変動や汚染、コロナ禍などが現実の差し迫った問題となっている。科学技術等の加速した時間が流れる一方で、震災復興や自然環境保護等に向けた取り組みは遅々として進まず、まるで時間が止まっているかのようだ。このような時間の狭間にあって、われわれの日々の暮しにおいては、無機質で浮薄な時間が徒に過ぎてゆくように思える。

人間の時間意識は、もともと季節や昼夜など自然のサイクルを軸として身に付けてきたのではなかったか。言うなれば、われわれは自然界に生息する生物としての「いのちの時間」を生きることで、生の実感やよろこびを得てきたのだろう。そのような「いのちの時間」に立ち返るべく、本歌集のタイトルを「光陰」とした。また、以前に馬場先生が「ひと昔は十年と言われてきたが、今は五年、いやもっと短いかもしれない」と言われた言葉が実感として身に迫り、不十分ながらこの五年間の歌を第三歌集として纏めることとした。

それにしても二十数年間、短歌を詠み続けてきて本当に良かった。閉塞した今の時代にあっては、さまざまな日日の思いは、その都度言葉にして表現し続けなければ、自覚することなく雲散霧消してしまうだろう。今回も歌集というかたちで何とかまとめることができたことにほっとしている。

*

これまで短歌を導いてくださった馬場あき子先生、故岩田正先生には改めて深謝申し上げます。また、かりんの会の皆様の毎月の歌や歌集にどれだけ励まされ元気づけられたことか。ありがとうございました。

出版にあたっては、装幀の真田幸治様、短歌研究社の國兼秀二様、菊池洋美様に大変お世話になりました。厚く御礼申し上げます。

二〇二一年五月三日

鈴木良明

著者略歴

鈴木　良明（すずき　よしあき）

1950年　茨城県生まれ

1994年　歌林の会入会

2011年　第一歌集『ランナーと鳥』上梓

（日本歌人クラブ優良歌集賞）

2016年　第二歌集『地下茎』上梓

検印

省略

かりん叢書第三八〇篇

二〇二一年六月二十八日　印刷発行

歌集　光《こう》陰《いん》

定価二七五〇円

（本体二五〇〇円）

著者　鈴《すず》木《き》良《よし》明《あき》

郵便番号二〇六―〇八〇三

東京都稲城市向陽台六―五―一五

発行者　國兼秀二

発行所　短歌研究社

郵便番号一一二―〇〇一三

東京都文京区音羽一―一七―一四　音羽YKビル

電話〇三（三九四四）四八二二・四八三三

振替〇〇一九〇―九―二四三七五番

印刷者　豊国印刷

製本者　牧製本

ISBN 978-4-86272-674-2 C0092 ¥2500E